KB050235

사라진 것들의 주소

시작시인선 0481 사라진 것들의 주소

1판 1쇄 펴낸날 2023년 8월 11일
지은이 이복현
펴낸이 이재무
기획위원 김춘식, 유성호, 이형권, 임지연, 홍용희
책임편집 박예솔
편집디자인 민성돈, 김지웅, 정영아
펴낸곳 (주)천년의시작
등록번호 제301-2012-033호
등록일자 2006년 1월 10일
주소 (03132) 서울시 종로구 삼일대로32길 36 운현신화타워 502호
전화 02-723-8668
팩스 02-723-8630
블로그 blog.naver.com/poemsijak
이메일 poemsijak@hanmail.net

ⓒ이복현, 2023, printed in Seoul, Korea

ISBN 978-89-6021-726-3 04810
　　　978-89-6021-069-1 04810(세트)

값 11,000원

사라진 것들의 주소

이복현

천년의
시 작

시인의 말

곤고한 삶의 뿌리에서 새싹이 피어나는 것을 보고 싶다.
그리하여 상처 입은 것들이 함께 어우러져 피워 올린, 환한
꽃밭 위를 한 마리 흰나비 되어 날고 싶다.
꽃들의 웃음이 아니라 말없이 견딘 상처의 아픔과 그늘에
감춘, 그 눈물 자국을 보고 싶다. 더 늦기 전에, 다가가길
망설였던 것들이 사라지기 전에 사랑한다고 말하고 싶다.

시집의 제5부엔 지구 생물의 생존과 직결되는, 우리 시대의
지속적이고도 뜨거운 관심사인 기후 환경을 주제로 한 시 몇
편을 따로 간추려 보았다.
많이 부족하지만, 구호로만 그칠 것이 아니라 실천해야 하는
덕목들에 대하여 나 자신, 반성의 마음도 함께 담아 보았다.

차 례

시인의 말

제1부 가난도 그리운 날

제3부 오래된 우물

제4부 하늘을 본다

제1부 가난도 그리운 날

뿔

나는
뿔이 승한 한 마리 짐승
바람 부는 고원에 홀로 서 있다

설산 높은 봉우리를 넘어
깊은 골짜기를 건너왔다

지금은 노을이 지는 저녁
눈물과 그리움, 그리고
모든 한량없는 것들을
바람에 훨훨 날려 버리고
모서리가 부러져 나간 뿔을
아주 사랑스럽게
가만히 쓰다듬는다

내가 죽고서도 한동안은
눈 크게 뜨고 살아 있을
이 견고하고 상처 많은, 나의
뿔을,

4월
—공단 가는 길

4월이 산야 가득
만국기처럼 펄럭인다

4월은
누가 걸어 놓은 찬란한 슬픔인가?

무너진 돌담을 감쌌던
마른 담쟁이가 살아 돌아오고
닭장을 나온 암탉이 언 땅을 후빈다

새들이 금 간 하늘을 날며
위태롭게 울고
굴에서 나온 짐승들이
눈부신 태양을 보고 울부짖는다

삶은 울음으로 시작한다는 걸
4월은 이미 알고 있었던 것

꽃이 피어도 웃지 않는 사람들이
미세먼지 속으로 지나간다

>
마스크를 하고
연기 자욱한 굴뚝 공단을 향해
힘차게 자전거 페달을 밟는다

무봉無縫의 관

누에가 섶에 오른다

저 스스로
자신의 관을 짓는다

관이 너무 희어서
차라리 푸른,

관 속에 가만히 몸을 눕히고
안에서 문을 잠근다

문이 잠기자 문고리가 사라졌다
다시는 열 수 없도록,

깨끗하고 정갈한
무봉無縫이다

민초民草

보라, 눈부신 초록 물결!
폭풍이 불어도 사라지지 않는 초원!
가지가 꺾여도 끝끝내 푸르러
숲을 지키는 어린나무들,

한 방울 물이 바다를 이루듯이
한 알의 모래가 사막을 이루듯이
한 잎 풀이 초원이 되고
한 그루 나무가 큰 숲이 되었다

듣는가?
대하大河의 굽이치는 함성!
바다를 향해 가는 흰 물결의 용진을,

울부짖는 사자여, 달리는 폭풍이여
겸손히 엎드려라, 한 잎의 풀 앞에,
흐느껴라, 부러진 나무 앞에,

그가 초원이고 그가 숲이다
그가 백성이고 그가 주인이다
그들이 나라고 그들이 힘이다

중력

어느 가을날
상수리 하나가
제 무게를 못 견디어 툭!
떨어져 내릴 때

잠시
출렁거린 우주!

순간, 별 하나가
자리를 옮겨 앉는다

상수리 한 알의 중력이
이렇게나 큰 것인 줄
정말 몰랐다

돌탑

날개 없는 염원이 하늘에 닿아
작고 둥근 돌멩이 하나도
무너지지 않는다

가슴이 아플 만큼 아슬한
저 끝

누구의 손이 가꾼
간절한 기도일까?

무궁한 것은 푸른빛을 띠어
오직 묵도로만
하늘 깊은 곳에 닿는다는 걸
작은 돌들은
알고 있었을까?

맨 끝
가장 작은 돌멩이를 쌓아 올린, 최후의 손은
알았던 걸까?

바다

바다는 지금 아픔으로 뒤척인다

모파상의 목가에서
처음 만난 낯선 남자에게
불은 젖을 물린 여인처럼,

울지 않으면 바다가 아니다

아프지 않으면 바다가 아니다

성내지 않으면 바다가 아니다

품고, 사랑하지 않으면 바다가 아니다

사람이 바다 같지 않으면
사람이 아니다

본 적이 없다

울지 않는 새를 본 적이 없다
흔들리지 않는 나무를 본 적이 없다
지지 않는 꽃을 본 적이 없다

되돌아온 강물을 본 적이 없다

가난도 그리운 날

찬바람이 쓸고 간 그믐밤 거리에
예뻤던 사람의 눈동자같이
흰 눈길을 밝히는 가로등 하나

골목의 녹슨 대문들은 굳게 잠겨 있는데
불 꺼진 집들 사이
누군가를 기다리는 불빛 하나
옥탑방 창문을 물들이고 있다

누구를 기다릴까?
유리창을 적시는 그림자 하나
엄동보다 추운 가난 속에서
체온으로 아랫목을 덥히고 있는 사람

녹슨 곤로 불에 라면 하나 끓여 놓고
최후의 성찬처럼 나눠 먹던 그날
그건 정말 말로는 부족한
미친 영혼의 떨림이었어

현과 현이 끊어질 듯 어우러져

칼날처럼 온몸을 저며 들던
상쾌한 가락!

눈이 내려
포장마차도 문을 닫은 골목길에
바람이 정적을 깨우며 일어선다

잃어버린 꿈들이 소용돌이치며
녹슨 문들을 열어젖힌다

누군가의 귀가를 기다리는 시간
덜컹거리는 가슴마다
바람의 노크에 귀를 세운다

목마른 별들

이라크, 한 난민촌 군용 천막 위로
태양이 뜨겁게 내리꽂히고
모래바람에 맞선 맨발의 아이들이
패전의 깃발처럼
낡은 옷자락을 펄럭이며 달려간다

점령군의 급수 차량이 군중을 향하여
페트병을 던지며 지나간다
한 모금 물을 얻기 위해
트럭의 꽁무니를 쫓아가는
검게 탄 얼굴의 어린 소년들
눈 못 뜨게 날리는 모래바람 속을
아기 사자처럼 달려가
지친 새끼 낙타처럼 돌아온다

움푹 팬 눈에서 빛나는 검은 동자들이
먹구름 헤쳐 나온 저녁 별 같다

어둠 깊은 오늘 밤에 그 눈동자들이
홀연히 내 가슴속

흐린 하늘을 열고
보석처럼 쏟아져 내린다

가을비

마른 풀잎 다 적시고
마른 낙엽, 마른 갈대 다 적시고도

수수깡처럼 목이 마른
내 영혼 하나는
끝내
적시지 못하는구나!

야생화

꽃밭에 핀 꽃을 부러워하지 마라!

네가 세상 어떤 꽃보다 아름다운 것은
가시덤불 속에 피어 있음이라

큰바람 불어와도 쓰러지지 않고
홀로 나부끼는 갸륵한 몸짓

하루살이

잊지 못할 거야

단번에, 전 생애를 던져
파르라니 피워 올린 분신焚身,
생의 불꽃!

오래도록 기억될 거야

불빛 환한 하룻밤이
춥고 어두운 천 년보다 낫다는,
뜨거운 그 말!

감옥론監獄論

밖이 큰 감옥이라면
철창 안은 편안한 방이요

바깥도 감옥이고 안도 감옥이라면
큰 감옥 안에 작은 감옥일 뿐,

지구라는 별도
우주 한 모서리에 얹혀 있는
인류의 유배지 같은 곳이라는 생각,
문득 한다

마음을 벗을 때
감옥은 사라진다

살다 보면

눈물이 왜 없겠습니까!

저 깊은 목구멍 속
수도꼭지를 잠글 뿐이죠

살다 보면 그렁그렁
솟구침이 왜 없겠습니까

바보같이 하나가 울면
엉엉 따라 우는
그런 날이 왜 없겠습니까

부둥켜안고
눈물 펑펑 쏟아버리고
언제 그랬냐는 듯
울음 뚝! 눈물 닦고
환하게 웃어 보이는,

왜 없겠습니까?
그런 날들이,

제2부 나의 노래, 나의 시

몸에 뜬 달

목수가 톱을 들어
마른 나무 옹이를 잘라 낸다

상처가 만든 무늬를 다시 한번
대패로 반들반들 깎아 낸다

피멍 든 흉터가 선명해지면서
깎아 세운 몸뚱이에
둥그런 무늬 하나 눈을 뜬다

어떠한 바람에도 기울지 않고
세월이 가도 빛바래지 않는
붉은 달 하나 두둥실
아픈 가슴에서 솟아오른다

나무는 오랜 세월, 제 몸속에
예쁜 달 하나를 숨겨 두었던 것

고통으로 빚어낸
아름다운 만월滿月을,

노동의 노래

꽃이 피어도 봄은 오지 않았죠

폐염전 해수처럼 짜디짠 이마
땀에 절인 셔츠는
얼룩으로 수놓인
성스러운 생生의 깃발

고백합니다

그대가 있어 외롭지 않았음을,
그대가 있어 견디었던 절망,
그대가 있어 따스했던 겨울

기억합니다

야간 조업장의 형광 불빛과
그대의 창백했던 얼굴을,

싸락눈이 유리창을 두드리던 저녁
목탄 난로에서 뿜어져 나온

뜨거웠던 청춘의 열정을,

그 안에서 불타오르던
물먹은 관솔 같던 사랑은
두려움 없는 설렘을 감싸 안았죠

그대도 기억하겠죠?
고향을 향한 달밤의 기도

비 오는 밤, 어둑한 슬픔을 녹이던
라면 국물처럼
뜨거웠던 눈물을,

흔들리며 산다

간밤에, 천 년 넘은 느티나무
팔 하나가 부러졌다

바람의 무게를 견딜 수 없는
어깨를 지닌 나무들이 수백 년 넘게
고향 언덕을 지키고 있다

하지만 나무들은
언제 또다시 불어올지 모르는 바람을
미리 염려하거나 두려워하지 않는다

다만 조금 흔들릴 뿐,
태풍이 와도
꺾일지언정, 그리 쉽게
뿌리 뽑히지 않을 거라는
자신을 알기에,

삶의 언덕을 빛나게 하는 것은
아플지언정
그래도 쓰러지지 않고

내일의 아침을 기다리는
무한한 신념이다

날개 없는 새

날개 없는 새는 없다

날개가 있어도 날지 못하는
새는 있다

두 날개가 꺾여도
날지 못하면 걸을 수 있고
걷지 못하면 기어갈 수 있는
절대 생존의 법칙을 아는 이상

퇴화한 날개를 들고
오늘도 발로 뛰는 연습을 하다가
마침내 기어가는 생존의 현장에서
더 이상
날개 없음을 원망할 순 없다

날개 없이 날 수 있는 법을
맨 처음 가르친 것은
어린 새를 품어 기른 산이다

위험한 선택

눈물이 없는 밤은
깊은 강의 물소리를 듣지 못하지

울부짖는 노래 없이는
멀고 먼 생의
기나긴 물줄기를 따라가지 못하리

지치고 힘든 그대에게 묻는다
상처가 그려 넣은 삶의 무늬를
지금 읽고 있는지,

여기 그대를 향해 달려온
뜨거운 하나의 가슴이 있다

가시에 찔릴지라도,
남은 날들의 노래가
피 흘림에 관한 호소일지라도

외로운 그대 곁에 서고 싶은,

다 어딜 갔을까?

목쉰 벌레들은
제 노래를 숲에 두고
어딜 갔을까?

마른 풀잎 하나에 집을 짓던 벌레들은
제 허물 벗어 두고
다 어딜 갔을까?

바람이 불고 잎이 흔들려
생生이 위태로워도
가느다란 잎사귀 하나에다 희망을 매달던,
아주 작고 작은 벌레들은 다
어딜 갔을까?

오늘이 없었다

한참을 살다 뒤돌아보니
내 생의 단 하루도 오늘이 없었다

유체 이탈한 짐승처럼
늘 하루를 앞질러 달려왔던 것

오늘이 없으니
당연히 어제도 있을 수 없지

오늘이 되기도 전에 벌써
내일이 사라지곤 하였으니
나의 지난 삶은 텅 비었다

멀리 날지 못한
젖은 종이비행기처럼
너무나도 축축한
나의 과거

살생殺生

눈에 보이는 것만 목숨이 아니다
절규하는 것만 아픔이 아니다

텃밭을 일구느라 삽질을 하다 보면
땅속에 자리 잡은,
수많은 숨구멍을 발견한다

보일 듯 말 듯 꿈틀대는 미물들도
숨구멍 하나는 열어 놓고 산다

푸욱— 한 삽 떠서 뒤엎은 순간
삽날에 허리 잘린 지렁이가 꿈틀!

아이고!
또 한 번의 살생을 저지르고 말았다

가마우지

저 어부, 가마우지
볼록한 목을 치며 몇 번이고
"뱉어 내라, 뱉어 내라, 먹었어도 뱉어 내라" 한다

목구멍에 걸린 채
뱉을 수도 삼킬 수도 없는 새는
언제쯤 허기진 배 속에
악어 한 마리 키울 수 있을까?

다 자란 물고기를 한입에 삼킬 때
가마우지는
물고기, 그 눈물을 보았을까?

겨울 입구에서

목이 마르다, 마른 꽃처럼

가 버린 세월의 뒤란에서,
바람 부는 계절의 문밖에서,

그림자조차 떠나고 없는
골목길을 서성이는 저녁

한때, 너는
적막한 이 숲의
지지 않는 꽃이었느니,

이제 너는 없고
바람에 서성이는 마른 잎들만
발길을 붙드는구나!

아득한 날의 꿈이었겠지
뜨겁게 녹아들던 키스,
사위는 촛불 앞에 굳건했던 맹세!

>
오오, 나는 죽으리
지금 다시 볼 수 있다면,
이제 다시 볼 수 있다면,

너와 나
내밀한 몸속의 어둠을 열고
환한 등 하나
다시 켤 수 있다면,

개미

삶이 고달플 땐
개미에게 배우라!

고통에 대하여
혹은,
겸손에 관하여

높고 험한 준령 앞에 머리를
땅에 붙이고 안간힘으로
매달리는
그 모습 보고, 혹은

버거운 짐을 온몸으로
걸머메고 지쳐
쓰러질 때까지

단 한 순간도
멈추지 않으며 십자가를
어깨에 멘 구세주처럼
골고다를 향해

나아가는, 불굴의
항진, 항진을 보고……

나의 노래, 나의 시

내 노래는
구름에 가린 달처럼 슬프다네

내 시는
외딴 하늘의 개밥바라기 별

숨어서 눈물 흘리네

바람은 알고 있다네
눈물은 아프지만 단단하다는 것을,

눈물의 금속성을
꿈꾸는 새들도 알고 있고
마음 착한 아이들도 안다네

밤하늘에 쓰인 한 줄의 시와
허공을 울린 한 소절의 노래에

바람은 흐느끼고
별은 눈물짓지

무덤가에 나무 한 그루

하얀 이불을 뒤집어쓰고 누운 자가 있다
어떤 때는 어둠이 햇볕보다 따스하다고
슬픔을 포근히 감싼다고 말하던 사내

가슴속에 수많은 봉분을 짓고
눈물로 제단을 쌓은 긴 날을 지나
떠나 버린 시간은 아직
풀이 안 자란 흙무덤 앞에 놓인
한 다발의 야생화를 기억하지 않는다

누가 심어 놓고 갔는지 모를
묘소 앞의 상록수 한 그루
조석으로 노래 불러 줄
새 한 마리 데리고 산다

오늘도 이름 부르듯
곁에서 운다

독거獨居

저녁이 되니
노란 국화꽃 피어나듯
고층 아파트 칸칸이
환한 빛들이 피어난다

고단한 하루가 날개를 접는 시각

모든 저녁이
녹슨 훈장을 가슴에 단
전사의 휴가처럼 포근하진 않겠지

외로운 사람들은 오늘도
식탁에 혼자 앉아
수저를 든다

귓가에 앉아 속삭이던 이들
다 어디로 가고
홀로 등불을 밝히는 이들

새벽이 가까워지자

드문드문 하나씩
불이 꺼진다

잠들지 못한 자들이 잠들 때
불면의 세상은
희미하게 깨어나기 시작한다

발원發源

썩지 않고서야 어찌
싹틀 수 있으랴

죽지 않고서야 어찌
부활을 꿈꿀 수 있으랴

보라
한 촉 푸른 떡잎 위에
전사戰士의 훈장처럼 빛나는 이슬!

씨앗이 썩어 잠든 자리에
푸름은 저렇게
형형히 눈떠
존재의 근원을 비춰 주고 있나니,

제3부 오래된 우물

오후 다섯 시의 우울

바람이 불지 않는 저녁은
무도회에 간다

이제 막 화장을 끝낸 하늘에
눈썹 지워진 낮달이 뜨고
어린 별 하나, 슬며시
다락방 창밖으로 얼굴을 내민다

무도회가 시작되기 전 5분간은
너무나 고요한 시간

길가 언덕 위엔, 종일
머리 위에 구름 한 점 이고
차렷 자세로 서 있는 나무들

정확히 오후 다섯 시,
뻐꾸기시계가 울기 시작한다

죽은 자의 기쁨

촛불을 켠다

불의 뿌리 밑으로
어둠이 녹아들고 있다

산 자의 기도는 항상
죽은 자의 기쁨에 닿아 있다

죽은 자가 산 자에게 말한다

"너라도 살아남아 줘서,
나를 증언할 수 있어서 고마워
그리고 미안해
살아남은 자의 슬픔*이 떠메고 가는
죽은 자의 무게에 대하여"

바람이 불어오고
이내 촛불이 꺼진다

>
잠을 위하여 흩어지는 영혼들

빛이 있던 자리를 다시금
어둠이 채운다

＊ 베르톨드 브레히트, 「살아남은 자의 슬픔」.

겨울비

1.

언덕의 나무들이 옷을 벗고
빗속에 우두커니 서서
눈물 뚝뚝 흘리며
참회의 기도를 올리고 있다

나무들은 도대체
무슨 잘못을 저지른 걸까?

추워서 몸을 떨 때
젖은 길고양이 한 마리가
숲속 어딘가에서 길게 운다

어느 하나의 죄목으로
전부가 혹독한 벌을 받는 것처럼
참회의 시간은 길고 가혹하다

>
2.

빛과 어둠은 어디서 오는가?

모태와 자궁이 궁금한 시간
태양은 얼굴을 내밀지 않고
거친 바람만 엄숙한 어조로
신의 말씀을 전하고 있다

어둑한 숲속에서 또 한번
고양이가 길게 운다

떨어진 돌게 다리

바닷가 뻘밭에 주인을 잃은
집게 다리 하나 떨어져 있다
꿈틀꿈틀
몸통에서 분리된 청맹과니가
혼자서도 저렇게 꼼지락거린다

다리 하나 황급히 떼어 주고
재빨리 도망친 몸통은
어디로 맥없이 사라진 걸까?

밀물에 동동 떠오른 집게 다릴
안쓰러운 마음으로 집어 든다

갑자기 성난 집게발이
손가락을 꽉 물고 놓지 않는다

"아 아 아 아 아니야, 이건
잃어버린 네 몸통이 아니야!"

그제야 집게발이 알아들었음인지

완고하던 집게를
스르르 풀어 준다

하늘 문

새들만이 열 수 있다
가난하기 때문이다

가진 게 없는 가벼움과
천사 같은 날개를 갖고 있기 때문,

성서에 이르기를
하늘 문은 좁다고 했다

욕심 많고 가진 게 많은 자는
문을 열기 어렵다고 했다

부자가 천국에 드는 일은
낙타가 바늘귀를 통과하는 것보다
어렵다고 하지 않았나

새들은 가난한 천사!

살아서는 창고를 짓지 않고
죽어서 무덤을 두지 않으며

평생의 노래를 새겨 둘
작은 돌비 하나 세우지 않느니,

이만하면 넉넉히
하늘 문을 열 수 있지 않겠는가?

울음 눈물

가끔 거친 삶에서
멀리멀리 도망치고 싶을 때,
질긴 목숨의 끈 놓지 못해 울 때
울음이 깊은 바다 뱃길을 엽니다

생각해 보면 울음 눈물만큼
아픈 삶을 감싸 안는
그 무엇 있나요

어둠 속에 홀로 쏟은 눈물만큼
따뜻하게 적셔 준
그 무엇 있나요

울음이 눈물로 강을 만들어
희망을 향해 가는 배 한 척 띄웁니다

먼먼 피안의
그리움에 닿을,

오래된 우물

그리움이 이끼 핀
눈물 가득한 눈동자에

백 년 전의 달이 와서
백 년 후의 슬픔을 만나고 있다

내 영혼의 비좁은 통로가
아기 눈처럼
환해지는 밤!

악수

손을 잡는다는 건
마음과 마음이 입 맞춘단 뜻

원망과 미움은
잠시, 바닥에
내려놓자는 뜻

다시, 손을
잡는다는 건
잠시

그리움을 견디자는
뜻

무문백자無紋白磁

가득한 비움!

내 영혼이 숨어 있기 좋은
동그란 그늘이다

때로는 와장창 깨어지고 싶고
찌그러지고 싶기도 한, 나는
맑은 얼굴에
귀 없는 귀를 달고
눈 없는 눈을 달고

그리하여, 비로소
거울에 비친 모습 지워 버린
시간의 흔적들을 찬찬히 들여다보며
혼자서 빙긋이 웃을 수 있는,

무념무상, 그런 얼굴을
그리기도 한다

이름

아무개라 하면
모를 리 없는

반짝반짝 빛이 나는 이름들이
세상엔 많다

닳고 닳아
윤이 나는 이름들

고명할수록
더 많이
굴러먹은 흔적이 역력하다

겉은 빛나지만
가만히 눈여겨보면
온갖 오물에 젖은
진때가 묻어 있다

반지르르한
겉 품새만 보다가

어찌, 어쩌다가
현미경으로 들여다볼 양이면
오만 잡균이
덕지덕지 묻어 있는,

오, 위대하신
병든 이름들이여!

꽃 피는 아파트

사람이 낱낱이, 참으로
별이다

어두운 세상 칸칸이
모퉁이를 밝히는,

사람이 낱낱이, 고운
등불이다

집집마다
저녁 밥상머리에 둘러앉아
따스한 눈빛으로
서로를 비추는,

보리밭

그날은 푸르렀다

먼먼 날의 봄날,
덜 여문 보리를 구워 먹던 시절

참 지독히도 가난했지만,
배고팠지만

논둑길을 달리다 돌부리에 넘어져
무릎이 깨져도 울지 않았다

쑥 향기 피어나는 긴 둑길을
동무들 손잡고 종달새 좇아
하늘을 향해 달렸었다

땅속의 방

세상 모든 어머니는 한 이름이다
내 어머니의 이름은 그냥 어머니,

남이 부를 때는 학산댁
성 한번 이름 한번 불린 적 없다가
마지막 떠나면서 처음으로
성명 석 자 달랑
조그만 석 자 묘비에 남기셨다

한참을 노크해도 대답 없는 밀실 안
출입문 하나 없는 깜깜한 방에
희미한 석유 등잔불 하나 켜 두고서
지금 어머니는 무얼 하고 계실까?

세상에 두고 떠난 자식들 걱정에
지금도 하염없이 기도 중일까?
어머니는 삼백예순다섯 날을
단 하루도 쉼없이
무슨 기도를 저리 길게 하실까?

\>

안으로 가만히 귀를 대 본다
재봉틀 소리 안 들리는 걸 보면
그만 깜빡 잠이 드신 것인지
숨소리 고요하다

깊은 잠 깨실까 봐 조심조심, 불 끄고
뒷걸음으로 물러선다

어머니, 저 이제 갑니다
이승에서 그렇게나 그립던 잠
오래오래 편안히 주무시옵소서!

접신接身
—겨우살이

빈손인 내가
가진 것 하나 없이 가난하여
거칠고 헐벗은 나무껍질 속에
뿌리내려 사는 더부살이 신세지만
겨울바람 속에 꽃을 피워
달콤한 열매를 맺나니
배고픈 새와 나누고자 함이라

새들의 몸을 빌려
점액에 감싸인 씨앗을 퍼뜨리고
또 다른 나무들과 인연을 맺나니
이것이 목숨 붙은 것들의
살아가는 순리지

알고 보면 누구라도
혼자서는 살 수 없어
기대어 살아가는 더부살이

함께 살아남는 생존의 비법은
없는 중에 나누며, 부족함을 채워 가는

공생의 법칙인 저

나 겨우살이는
나무로부터 양분과 수액을 받아 살고
씨앗을 품은 열매를 맺어
배고픈 새들에게 나누어 주고

새는 다시 *끈끈한* 타액으로
나의 어린 씨앗들을 감싸
숲의 나뭇등걸에 배설함으로써
거칠고 메마른 나무껍질 속에 뿌리내려
다시 싹 틔우고 꽃을 피워
달콤한 열매를 맺나니,

이것이 사랑이요, 이것이 생명이지
이것이 혁명이며, 이것이 기적이지

낮달

입술이 창백하다

앓거나 며칠을 굶어서는
얼굴이 저리도 핼쑥해졌나 보다

야윈 어깨를 간신히
구름에 기대었다

결핵을 앓다 떠난 어린 누이처럼
아득히 멀어서 더욱 그리운 저녁

구름에 꽃노을이 번진다
무명 적삼에 흘린 각혈처럼
점점 짙어진다

제4부 하늘을 본다

사람이 다 꽃이어라

하얗게 빗어 묶은 낭자머리에
한산모시 치마 적삼 곱게 차려입은
백 세 할머니의 단정한 품새

꽃밭에서 깔깔대며 단체 사진 찍는
소녀들을 보고서, 왈

"이 꽃 저 꽃
다 곱다고 해도
사람만 한 꽃이 어디 있간디!

사람이 꽃이여, 니들이 꽃이랑께
사람마다 생김생김이 다 다르지만도
찬찬히 눈여겨보면 오목조목 그 나름
다 이쁜 구석이 있당께

나도 젊었을 땐
늬들 못지않게 참 예쁜 꽃이었는디······"

우는 나무에게

벗은 몸을 휘감는
명주 베옷 보느냐?

우 우 우 우
실바람도 아파서 우는 나무들아

참아야 한다

오래 참고 기다리면 어느새
산비탈에 쌓인 눈 다 녹고

안개 속을 걸어온 푸른 봄이
황금 꽃을 피워 반기리라

봄밤

모내기를 앞둔 논배미 가득
빗물이 찰랑거린다

어느 백성의 아우성 같기도 한 개구리울음이
논바닥에 흥건하다

비 그친 논배미에 눈만 꿈벅 꿈벅이는, 귀먹은
별이 내리고 아기 개구리 소리도 한창
맑다

어느 유랑자의 귀 익은
노래 같기도 한 바람 소리가 까칠한
휘파람을 불며 지나갈 때 물꼬를
타고 흐르는 별빛이 빈 가슴 그득히
차고 넘친다

눈사람

누구라도

나보다도 더 짧게, 나보다도
더 깊은
침묵으로 왔다가

단 한 점 미련도 없이

나보다도 더 빨리, 나보다도
더 낮게
사라질 수 있는 사람

손들어 봐!
· · · · · · · · · · · · ·

아무도 손을 들지 않은 사이
어느새 그는 사라지고 없다

매미에게

울지 마라
이제 울지 마라

단 한 철
원 없이 울고 가려고
그 오랜, 땅속 깊은
어둠의 시간을 견디었더냐!

삶이란 너에게, 그 어떤
열망의 끝에 두고 온, 아득한
그리움이더냐

평생을 울어도 다 못 채울, 이
빈 그릇 하나를 두고서……

별똥별
―유해가 발굴된 어느 학도병

어린 꿈 하나가
마른하늘에

성냥을 그어 대듯, 맹렬하게

온몸을 불사르며
사라진다

찬란한 소신燒身이다

세상이 모르는, 무명
까마득한
전설 영웅처럼,

아 아 아 이제,
별 하나 사라지고
그 빈자리를
누가 채우나

>

저토록 텅 빈

하늘 한쪽!

요절 시인夭折 詩人

그는 갔다

북풍이 몰아친 날
쫓기는 구름처럼,

상처 난 세월의 등을 타고
사라졌다

그가 남긴 시들은
깨진 유리 파편처럼
밤하늘을 수놓은 별이 되거나

높바람에 흩어진 풀씨처럼
가난한 가슴마다 싹을 틔웠지

눈물을 먹고 자란 대공마다
붉은 꽃송이를 피워 올린 거야

그는 오래전에 가고 없지만
그의 시는 어둠을 밝히는

별이 되어 반짝이거나

입김처럼, 숨처럼
봄 산 봄 들에 젖어 들어
지금도 진달래
향기로운 꽃을 피우지

등산

얼마나 고마운 일이냐!

내가 너에게
가까이 다가가기 전에

네가 먼저
나를 맞이하려고
꼭대기까지 길을 내고

그렇게 오랜 날을
기다리고
기다렸던 것이니,

나도 부자야

믿을 수가 없다

대가 없인 아무 것도 얻을 수 없는
각박한 세상에

저렇게나 맑은 하늘이,
솜털처럼 하얀 구름이
모두 다 공짜라니

돈 한 푼 없는 내게
푸른 숲에서, 꽃밭에서 불어오는
시원한 바람이 다 공짜라니
입을 한껏 벌리고 마음껏 마셔도 되는
맛있는 공기

너르디너른, 저 밤하늘
수선화 꽃밭 같은
광대무변의 별밭이 펼쳐지고
어리디어린 우리는
밤이 새도록 도란도란 속삭이며
사이좋게 뒹굴어도 되나니

\>
믿기지 않는다

겨울, 헐벗은 감나무에
구름의 옷자락이 걸려 있고
오도 가도 못 하는, 저
익은 호박 덩이만큼 둥실한 달덩이가
통째로 공짜라는 게

가뭄에 목이 탈 때 하루 종일
흠씬 젖어도 좋을
달콤한 가랑비가 공짜라니

무더운 염천 더위에 그냥 한줄기
내리쏟는 오줌 줄기 같은
소나기가 공짜,
비 그친 뒤 무지개가 공짜,
서녘 하늘 물들인 노을이 다 공짜라니

깊은 산속에서 솟아나는
수정처럼 맑은 샘물이 공짜라니

\>

이 모든 걸 다
혼자만 가질 수는 없는 것이어서
골고루 사이 좋게 나누는 것이지만
누구나 공평하게 가질 수 있고
한없이 나누어도 별반 모자람이 없나니

누구든 앙가슴 작은 호주머니 속
사랑만 있으면 가난할 수 없지

퍼 주고 퍼 주어도 바닥이 안 보이는
화수분같이
가슴에서 솟구치는 사랑만 있으면
세상에서 가장 귀한 것들이
모두 다 공짜이니

그러고 보면 남들에게
빈털터리라고 놀림받는
나도 부자!

빈집 2

날이 저물고
어둑한 집에서 새어 나는
아기 고양이 울음소리

대문이 반쯤 열려 있는 걸 보아
혼자 살던 이가
먼 길을 떠났나 보다

아득한 하늘길 은하 건너
옛집으로 돌아갔나 보다

높바람이 불어온다
양철 지붕이 덜컹거리고
빈 빨랫줄이 흔들린다

수운산 너머에서
깜깜한 하늘 복판으로
초승달이 돛단배처럼
어둠을 가르며 흘러가고 있다

\>

잠이 들었음인지
고양이 울음도 잠잠해졌다

잡초여, 무성하라

장마 그치고
질퍽하던 웅덩이를
푸르게 뒤덮은 잡초들

세상에 태어나서
그 흔한 이름 하나 갖지 못해
'잡'이라 불리는 것들

뿌리 내린 한 뼘 땅도 빼앗겨
뽑혀 버려진 곳에 다시
푸르게 잎을 피워
더러운 세상을 감싸 안나니,

무성하거라, 잡초여!
번성하고 번성하여 마침내
온 세상을 푸르게 점령하여라!

가로등

거리엔 눈보라가 몰아치고
집들은 한결같이 문을 닫았다

밤이 깊어 커튼을 물들인
불빛들이 하나둘 꺼지고
마지막 창마저 불이 꺼지고
온 세상이 깜깜해졌을 때도

오직 혼자, 혼자 남아서
눈 쌓인 골목을 지키고 있는 이

오늘도
어느 한 사내의 늦은 귀가를
비춰 주고 있다

하늘을 본다

절망의 끝에 섰을 때
하늘을 바라본다

푸른빛은 사라지고
아득하기만 한 잿빛 하늘

무지개 사라지고
반짝이는 별도 없다

낙원의 꽃들은 시들어 떨어지고
나비는 돌아오지 않는다

죽음이 문 앞에서 기다리고 있을 때
나는 마지막으로
무얼 할 수 있을까?

평생을 땀 흘려 가진 것이 무엇이며
남기고 갈 것은 또 무엇이랴

일생을 더듬어 생각하노니

고뇌하며 살아온 모든 날들이
수고하여 얻은 모든 열매가
잠깐 피었다 지는 꽃과 같고
저녁 하늘을 떠도는 조각구름 같으며
높바람에 쓸려 가는 가랑잎 같다

그래도 또다시 하늘을 우러러본다
지금이 마지막인 것처럼,

우주에 깊이 숨은 또 다른 별
돌아갈 나의 집을 찾고 있는 중이다

길이 없는 길

시골로 가는 고속도로 한가운데
산 노루 한 마리
형체를 모를 만큼 짓이겨져
핏자국 선명히 물들었다

길이 아닌 길을
위험을 무릅쓰고 뛰어든 것이
이토록 크나큰 비극이다

나 또한 살아오면서
얼마나 많은
길이 아닌 길들을 건너왔던가!

좁은 길로 가는 것이 너무 어려워
돌아가야 할 길을 생략하거나
겁 없이 절벽을 뛰어내린 적이
헤아릴 수 없었네

살다 보면
지름길이 꼭 좋은 것만은 아니지

\>

길을 몰라서 안개 속을 헤매었거나
길을 벗어나
길 아닌 길을 건너왔던
무모한 날들을 떠올리면서

아무래도 다른 길이 없었던,
막다른 골목에 들어섰던
그런 날들을 상기한다

절벽의 끝에 서서
아뜩한 세상에 나를 맡기던
그런 날들을 생각한다

맨손

맨손일 때 더욱 용감해진다

사자를 앞에 두고
더 이상 물러설 곳이 없을 때

으르렁거리는 이빨을 봤을 때
날카롭게 옹송그린 발톱을 봤을 때
사즉생死則生의 각오를 다진다

맨손일 때 오히려
거친 세상을 이길 수 있다

앞이 캄캄한 절벽일 때
마치 두 어깨에 날개를 달고
무한의 하늘을 날아갈 수 있을 것처럼

수없는 낙하를 경험한 독수리가
더 높은 하늘을 날 수 있듯이,

오늘도 맨손으로

삶의 전장에 싸우러 간다
승리하러 간다

제5부 통곡하는 숲

사라진 것들의 주소

가느다란 발가락으로
지구를 공처럼 굴리던 소똥구리는
어디론가 실종됐다

광막한 우주, 드높은 하늘 바탕에
힘차게 빗금을 그어 대던 별똥별같이
어두운 밤 골목을 떠돌며
깜박깜박 신호등처럼 불 밝혀 날던
반딧불이도 사라졌다

개구리 울음과 귀뚜라미 소리는
점점 가느다랗게 줄어들고
뻐꾸기 노래, 소쩍새 울음이 아득하다

산길 들길 좁은 길을 갈 때마다
앞장서서 인도하던 길라잡이는 도대체
어디로 납치된 걸까?

우리 곁으로 공룡은 다시 돌아오지 않는다
방사선 우라늄에 취한 흰 돌고래가 위험하다

포획되는 밍크고래가 몹시 위험하다
멸치 한 마리가 방사능에 위험해질 때
오늘 나와 당신의 식탁이 위험하다

찾아와야 하는데, 찾아야 하는데
불러도 도무지 대답 없는 것들을,
어디서 찾아야 하나?
그 많은, 사라진 것들의 주소를……

북극곰의 하소연

나는 바다를 애인처럼 사랑하지
하지만 이제 더 이상
맨발로 물 위를 걸을 순 없어
인간들이 지구 곳곳에서 피워 올린 열화로
북극의 빙벽이 아이스크림처럼 녹아내리고
바다 얼음이 유리처럼 얇아지고 깨어져
우리가 발 디딜 빙하도 곧 사라질 거래

나는 황막한 북극의 모진 눈보라 속에서
하루하루를 힘겹게 견디며 살아가지만
이것이 나에겐 신이 허락한 축복이지
나는 결코 따뜻한 세상을 원하지 않아
그것은 형벌이고 사멸이니까

이곳은 푸른 잎, 꽃 피고 열매 맺는 나무는 없지만
눈부시게 흰 얼음 벌판 위로 내리는 맑은 햇살과
밤이면 눈 시리게 쏟아지는 별빛이 있지
황홀한 빛의 춤사위로 펼쳐지는 오로라를
가슴에 안고 달콤하며 깊은 꿈을 꾸지
우리들의 평화가 영원하기를 희망하면서,

무너진 빙벽이 재건되고 파괴된 빙하가 이어지기를
밤낮으로 기도하지

스스로 위대하다는 너, 인간들아, 너희들은
우리의 간절한 기도를 단 한 번이라도
귀 기울여 듣기는 하는 거니?
나는 반드시 죽지 않고 살아남아 너희들
인간의 눈물을 닦아 주고 싶어
그것이 나의 마지막 소망이야

찬란한 비늘

봄비 수북이 내린 다음, 저수지 물가에
좌초된 폐선처럼 뱃가죽 허옇게 뒤집힌 채
죽은 물고기들이 널브러져 있다
물에 둥둥 떠 있거나
진흙 뻘밭에 처박혀 있다

어디서 흘러온 것인지
날카로운 플라스틱 조각과 썩은 나뭇가지,
부서진 스티로폼들도 온갖 쓰레기와 함께
산처럼 떠밀려 와 쌓여 있다

자세히 살펴보니 어떤 물고기는
눈이 찌그러져 알아볼 수 없고, 어떤 놈은
꼬리지느러미가 꽈배기처럼 뒤틀려 있다

무슨 연유로 물고기들이 떼죽음을 당한 걸까?

환경 감시원 말을 빌리면
인근 과수원의 농약 살포와
공단에서 야밤에 몰래 방류한

독성 오염 폐수 때문이라는데
저수지가 바로 상수원,
시민들의 식수는 과연 안전할까?

해 좋은 봄날, 모처럼의 나들이에
자꾸만 잊으려 해도 잊히지 않는 건
눈이 찌그러진 물고기의 찬란한 비늘!
온종일 머릿속을 뱅뱅 돌아다닌다

어디선가 감미로운 음악이 흐르건만
장송곡처럼만 들리고
햇볕도 더없이 따뜻하건만,
참 우울한 봄날이다

아마존은 아프다

아마존 밀림 땅속에 황금이 가득하다고
세계 곳곳 여러 나라 사람들이
구름처럼 몰려온다네

황금 노다지를 채굴하겠다고
온갖 중장비를 다 동원하여
여기저기 거침없이 큰 굴을 뚫고
아마존 땅 곳곳을 파헤치고 있다네

시뻘건 속살이 다 드러나도록
생살이 찢겨 나는 아픔으로
아마존은 밤낮으로 끙끙 앓는다네

아아, 아마존은 아프다네
누가 이 신음 소릴 들으며
붉은 핏자국을 닦아 주려나!
견디기 힘든 고통,
아픈 상처를 치료해 주나!

채굴 중장비를 판매 금지시켜야 해!

아마존을 반드시 살려 내어
다시금 후손에게 물려줘야지
숨 막히는 지구에
양질의 산소를 공급해 줘야지

상처를 어루만져 주고
슬픈 아마존을 위로해야지

아웃, 그린워싱Greenwashing

A: 내가 바보야? 바보냐고?
     나더러 눈감고 속으라지만
     절대로 그럴 순 없지
     너의 뻔한 속내를 속속들이 다 아는데……

B: 아니야, 아니야, 너는 분명 또 속을 거야
     이렇게 포장지만
     그린Green으로 바꾸면 되거든,

     친환경 옷을 살짝 입히면 돼
     이봐! 그럴듯하잖아?
     아마도 너, 플라스틱 인형도
     진짜 사람으로 생각하게 될걸!

A: 천만에, 나는 보았지 너의 속임수를,
     아디다스 스탠스미스!
     이봐, 초록색 무늬나 글자를 새기면
     다 그린Green 되는 거야?
     근거 없는 50% 그린이란 광고 문구 좀 봐,
     이니스프리-플라스틱, 겉에 종이 포장 덧씌워

"I'M PAPER BOTTLE"이라 쓰면
속에 감춘 플라스틱병이 사라지니?

너는 혹 알고 있니?
우린 종종 우리의 귀여운 아기들이
쓰레기 더미에서 자란 풀을 뜯는
신앙의 젖을 먹고 있다는 걸,
그 우유는 심각한 그린워싱!

우리는 언제까지 속아야만 할까?
눈 크게 뜨고, 귀를 활짝 열어야 해!
텔레비전 광고에서 네가 사라질 때까지,
가증한 가면이 다 벗겨질 때까지,

한 번 사고事故, 천 년 재앙災殃

대한민국 현주소－원전 불명예 3관왕!
밀집도 세계 1위에 규모도 1위,
30킬로 반경 안에 인구도 1위,

한 번 사고 천 년 재앙, 어찌해야 하는가?
내일을 팽개치고 오늘의 안일을 마냥 즐길까?

단 한 번이라도 생각해 봤나요?
그대 중심에, 대체 에너지를,

체르노빌 보았죠? 후쿠시마 보았죠?
그래도 모르겠나요?
탈원전이 바로 인류애란 걸,
생명 지킴의 제일 전선이며
막중 인권이란 걸,

방사성 오염은 보이지 않는 극약!
우선 곶감 빼먹듯이 달콤함에 취하면
절대 안 되죠

>
날로 늘어나서 쌓아 둘 곳 없는, 저
수많은 핵폐기물은 어찌할 셈인지
삼천리 반도는 순식간에 오염되어
내일은 치유 불가, 깊은 병에 빠지고 말 것이
건넛산 불 보듯이 빤한데,

이 외침을 꼭 기억하소서

_한 번 사고, 천 년 재앙!_

바다는 너무 더워

엄마, 제발 수온 좀 내려 주세요!
더워서 못 살겠어요 숨이 막혀요

헐떡대는 아기 고래 하소연에
한숨만 푹푹 내쉬는 어미 고래

"얘야, 미안하지만 나도 어쩔 수 없단다
모두가 잔인한 인간들이 저지른 재앙이란다
우릴 못살게 구는 건 인간들이지,
오직 저희 살겠다고
평화로운 대자연 땅에 마구
공해를 배출하는 공장을 짓고
더러운 연기와 열을 내뿜으며,
몹쓸 플라스틱을 생산하여 함부로 낭비하고
여기저기 쓰레기를 마구 버리는,
개념 없는 족속들 때문이야

어쩔 수 없단다 개과천선 반성하기 전에는,
우린 그저 묵묵히 참고 견딜 수밖에,"

>

"못 살겠어요, 엄마! 죽을 것 같아요"
아기 고래 하소연에
엄마 고래는 하늘을 보며 소리 지른다

"오 오 하나님, 저 무지몽매한 인간들을 벌하소서!
우리가 살 수 없나이다 이러다 모두 죽겠나이다
오, 만물을 지으신 이여, 당신 뜻이 어디 있습니까?"

엄마 고래와 아기 고래는
얼굴이 벌겋게 달아올라 헐떡이면서
고래고래 소리치고 있다

하나님은 과연 이 호소를 들으실까?
이토록 간절한 절규의 기도를,

슬픈 아기 곰

아기곰이 시커먼 콜타르를 뒤집어쓰고
엄마 곰 앞에 나타났다

"엄마 무서워요! 어젯밤엔 빙산이
우르르 쾅앙 쾅 무너져 내리는 소릴 들었어요
지진인가 봐요 이제 우린 차가운 바다에 빠져
허우적대며 죽게 되나 봐요, 엄마"

엄마 곰이 말했다

"아가야 미안하다 하지만 엄마 탓이 아냐
망원경을 들어 저 먼 곳을 봐라!
뿌옇게 피어오르는 회색 연기를,
공장 굴뚝에서 하루 종일 뿜어져 나온 연기가
얼음 나라를 송두리째 무너뜨린 거란다
우리는 곧 삶의 터전을 잃게 될 것이다
너의 옷을 더럽힌 검고 끈끈한 액체도
인간이 쓰고 버린 찌꺼기
수백 번 빨아도 지워지지 않는단다

>
봐라, 더러워져도 벗을 수 없는
네 옷!
안타깝지만, 한동안은
그 옷을 빨 수 없단다"

아기 곰은
물에 비친 제 모습을 확인하고는
큰 울음을 터뜨리고 말았다

쉴 곳 없는 펭귄

나 어릴 적, 그때가 좋았어
옛날엔 저 빙하 언덕에서 따듯한 햇살에
젖은 날개를 말리며 낮잠을 자기도 했었지
그때가 천국이요 낙원이었는데, 이제는
쉴 만한 터전이 다 녹아 버렸어

사라진 뭍에 발 딛지 못하고 뒤뚱뒤뚱
즐겁게 걷지도 못하고 하루 종일 차가운 바닷속에서
물질을 하고 오들오들 떨면서 젖은 몸으로
일생을 견디며 살아야 한다니,
우리의 운명이 왜 이리되었을까?

모든 게 야속하고 잔인한 인간들 때문이야
어느 날 강력한 금속 이빨을 번뜩이는 쇄빙선이 나타나
평화롭던 우리 빙국氷國의 터전을 깨부수고 점령한 후부터
시커먼 콜타르와 불을 지핀 열기로
얼음산이 녹아 흘러, 그토록 아늑하기만 하던
평온한 얼음 언덕, 쉼터가 다 사라진 거야

이제 우리의 기도는 힘을 잃었어

하나님도 어쩔 수 없게 된 것이지
아마도 인간을 지은 것을 후회할지 몰라

무모한 인간들을 어찌하면 좋을까?
우리 펭귄 족속은 자비로워서
저들을 함부로 죽일 수도 없고……
저들은 아무런 깨달음과 반성이 없으니……
쯧쯧, 구제 불능 가엾은 인간들이여!

늙은 펭귄은 뒤뚱뒤뚱
저무는 바닷가를 걸어간다
어린 펭귄들이 아장아장
뒤를 따른다

복면 시대

흐릿한 봄날, 동네 공원 길을 산책하는데
누군가가 뒤통수에 대고 어이! 하고 소리친다

얼결에 돌아보며 "나 말이오? 왜요?" 응대했더니
망설이던 그가 "아니 혹…… 내 친구, 복현이?" 하며
말꼬리를 내려 더듬거린다

깜짝 놀라 "아니 누구신데요?" 하자, 그 친구
무슨 신기한 일이라도 일어난 듯
"그러면 그렇지, 뒤통수 보고서 알아봤지!" 하면서
걸치고 있던 마스크를 콧잔등 위로 천천히 걷어 올린다
난 그제야 "아, 이 사람 춘식이가 아닌가?" 하고
한바탕 크게 웃으며, 마치 이산가족이라도 만난 듯이
반갑게 두 손을 맞잡았다

사십 년 넘게 한마을에 살았던 친구를
이렇게 반갑게, 감격하고 환호하며 만나다니!
기가 막힐 일이다

한참 동안 코비드 19가 세상을 어지럽힌 후,

이젠 좀 잠잠하겠거니, 마스크를 벗어도 되겠거니 했더니
벗을 수가 없다니, 아니 또 벗어서는 안 된다니, 이 답답함!

미세먼지? 초미세먼지는 또 뭔가?
황사는 뭐고 오존은 뭐며, 자외선은 또 뭔가? 제기랄,
언제쯤 마스크를 벗을 수 있으려나?

옛 얘기 속, 강도가 출현할 때나 쓰고 나타날 법한
복면 시대가 다시 도래하였음이야!
강도보다 끔찍한 죽음의 사자들이 왕왕 들끓는
지옥이 마침내 도래하고 말았음이야

사십 년 친구도 몰라보고 비켜갈 뻔한
우리 스스로 만들어 낸 이, 복면의 지옥!

죄 없는 화형火刑

견딜 수 없는 아귀 지옥 있다더니
여기가 바로 그, 지옥인가 봐
내 평생 이렇게 꼼짝없이 서서 죽을 줄이야!
꼿꼿이 선 채로 불타 죽을 줄이야!
두려움에 와— 우우 소리쳐도 소용없어

산들바람에 어깨춤 추며 한평생
룰루랄라 즐겁고 푸르게만 살렸더니, 이렇게
소리 한번 못 지르고 순식간에 시커멓게
불에 타 죽게 된, 처참한 꼴이라니
목숨 끊어지고 죽은 다음에야
누구를 원망한들 무슨 소용이랴만
마을을 지나가다 휙! 아무런 생각 없이
불붙은 담배꽁초를 집어 던진, 그 녀석
그런 무뇌충만 없었더라면
이런 비극은 없었을 텐데……

인간이 얼마나 잔인하고 이기적이면
수만 목숨이 불구덩이에 빠져 죽게 만들 짓을
장난처럼, 아무렇지 않게 저지를 수 있단 말인가!

어리석은 녀석은 미처 생각 못 했겠지
제가 저지른 짓에 결국 제 부모 형제 불타 죽고
집을 잃어 방황하게 될 줄은 정녕 몰랐을 거야

어리석은 짓은 순식간에 벌어지고
깨달음은 더디 오는 법!

이런 말 해서는 안 되는데, 그 녀석도 언젠가는
저 영원한 화천 지옥에 떨어져 시커멓게 타 죽을지 몰라
꼿꼿이 선 채, 소리 한번 못 지르고 화형을 당할지도 몰라
성서 속 나사로를 바라보는 어리석은 부자처럼
영원한 불구덩이에서 헤어나지 못할, 그때서야
뜨거운 고통 중에 후회하고 회개해도
이미 때는 늦으리

아웃, 그린워싱Greenwashing 2

1. 좋은 점은 부각하고 비환경은 감추기
1. 번들한 광고 문구—증거 없는 친환경
1. 모호한 표현에 그린Green 슬쩍 붙여 쓰기
1. 상관없는 내용으로 진실인 척 왜곡 과장
1. 환경 관련 인증 마크—오용, 도용, 거짓 홍보
1. 유해 환경 요소(90%)에 그린Green 살짝(10%) 가미하기
1. 비슷한 이미지로 친환경 로고 위장

한 번 속고, 열 번 속고, 온갖 거짓에
소비자는 수없이 농락당해 속아 왔다

지금 당신의 그린Green은
안녕하신가?

아웃, 그린워싱Greenwashing 3

속지 말자! ESG
거짓 광고에,

무독성 100%, 녹색 펀드, 라는 말
탄소 배출 0%, 탄소 중립, 이라는
허황한 거짓!

행여 속지 말자!
이따위 문구들에,

그 속엔 반드시 거짓이 숨었거늘

속아서는 절대 안 돼!
텅 빈 구호 눈가림에,

통곡하는 숲

토막 난 채 뒹구는 소나무 시신 앞에
살아남은 동지들이 통곡한다

가혹하여라! 가혹하여라!

두어 그루 나무가 재선충병 앓는다고
전염을 차단한단 거짓 명목으로
인근의 수만 그루 멀쩡한 소나무를
분별없이 벌목하여 다 죽이고 만
무도한 살생을 산림 돌봄 기관이
아연실색, 서슴없이 저지르다니

실험에 성공하여 임상까지 마친,
방제 약품 천적 곰팡이 G810 백신이
엄연히 있음에도 뒷짐 지고 별짓 한
청맹과니 산림청을 어이하랴!

나무가 살아야 사람도 살지
나무 목숨이 곧 사람 목숨인데
산목숨 마구 죽인, 불의한 그 처사가
불법 쿠데타나 무엇이 다를까!

\>

군중 속에 한두 명의 스파이가 숨었다고,
죄 없는 민중을 수천수만 도륙하는
망나니 칼질이나 무엇이 다를 거나?

벼룩 한 마리 잡기 위해
초가삼간을 다 태우는 꼴이라니,

무지몽매한 사람들아
똑바로 눈 뜨고 귀 기울여 살지어다

언제 불현듯 멀쩡한 그대 목도
댕강! 잘려 나뒹굴지 모를 일이니,

꿈꾸는 혁명
—플라스틱 줄이기

500년을 기다려야 겨우 녹아든다는,
온천지에 쌓여만 가는 미세플라스틱!
뇌 속까지 파고들어 온갖 질병 일으키는
위험한, 이걸 편리함과 바꿀까?

당신이 쓰고 버린 플라스틱 쓰레기에
온 땅과 해양이 병들고 있지
물고기 떼죽음에 바다도 함께 죽고,
그 물고기 먹고 사는 우리도 시름시름

날로 넘쳐 나는 플라스틱 쓰레기,
정말이지 이제는
확실한 결단을 고민해야 할 때

그렇다고 감축이 쉽기만 할까마는
그래도 노력 없인 내일은 없을 거야
나부터 솔선하여 줄여 가다 보면
작고 작은, 그 노력이 조금씩 모여
마침내 큰 혁명을 이루고 말 거야

우리 한번 외쳐 봐
꿈꾸는 혁명, 플라스틱 줄이기!

참 힘든 희망의 노래
—이복현 시집 『사라진 것들의 주소』 읽기

오민석(문학평론가, 단국대 교수)

1

문학은 고대로부터 상처, 슬픔, 결핍, 패배, 절망의 친구
였다. 소설이라는 근대문학 장르가 18세기에 출현하기 직전
까지 거의 모든 문학작품의 주인공들은 왕이나 장군, 왕자 등
귀족이었지만, 문학은 지상 최고의 부와 권력을 가진 이들에
게도 회피할 수 없는 결핍과 아픔과 고통의 세계가 있음을 뼈
에 사무치도록 보여 주었다. 20세기 모더니즘에 이르러 절
망, 좌절의 페시미즘은 이제 아예 문학예술의 브랜드가 되어
버렸다. 이렇게 보면 문학의 역사는 절망이 화석화되고, 희
망이 기적화되는 과정이었다. 이제 그 누구도 함부로 희망을
이야기하지 않는다. 희망은 보이지 않고, 절망은 어디에서
나 감지된다. 이것이 인류세anthropocene의 특징이다. 그렇

다면 문학은 왜 그렇게 희망의 뒤편에 있는 절망의 얼굴에 몰두해 왔는가. 그것은 문학의 시선이 항상 '지금, 여기'보다 더 나은 것에 가 있기 때문이다. 문학은 절망을 통하여 더 나은 것을 꿈꾼다. 에른스트 블로흐E. Bloch는 『희망의 원리』 시리즈에서 문학예술의 기능을 "아직 성취되지 않은 것not-yet-become" 혹은 "아직 의식되지 않은 것not-yet-conscious"의 "미리 비춤(예기적豫期的 조명; anticipatory illumination)"이라 하였다. 문학은 각각의 현세에서 최악의 것을 드러내고 그것에 아직 도래하지 않은 최선의 것을 '미리 비춤'으로써 '아직 성취되지 않은 것'을 꿈꾼다. 절망의 진창에서 튀어나오는 이 치열한 유토피아 욕망이야말로 모든 문학의 동력이다. 블로흐가 볼 때, 가령 동화(fairy tale)는 희망을 미리 비춘다는 의미에서 "모든 유토피안 예술의 공통분모"였다.

이 시집에도 절망과 희망의 변주가 있다. 절망이 너무나 커서 희망을 꿈꾸기 어려운 이 시대에 이복현은 참으로 힘든 희망의 노래를 부른다. 그의 희망이 쉽지 않고 헛되지 않은 것은 희망을 논하기에 앞서 그의 절망이 너무나 깊기 때문이다. 그는 가장 아픈 어둠의 바닥에서도 도래할 빛을 꿈꾼다.

나는
뿔이 승한 한 마리 짐승
바람 부는 고원에 홀로 서 있다

설산 높은 봉우리를 넘어

깊은 골짜기를 건너왔다

지금은 노을이 지는 저녁
눈물과 그리움, 그리고
모든 한량없는 것들을
바람에 훨훨 날려 버리고
모서리가 부러져 나간 뿔을
아주 사랑스럽게
가만히 쓰다듬는다

내가 죽고서도 한동안은
눈 크게 뜨고 살아 있을
이 견고하고 상처 많은, 나의
뿔을,

—「뿔」 전문

　이 작품은 시집의 맨 앞에 마치 이 시집 전체의 지형도처
럼 걸려 있다. 시인은 자신을 "뿔이 승한 한 마리 짐승"이라
고 고백한다. "뿔"은 힘의 상징이고, 전투력의 은유이며, 목
표의 비유이다. 뿔을 가진 자는 지치지 않고 정해진 목표를
향해 돌진한다. "바람 부는 고원" "설산 높은 봉우리" "깊은
골짜기" 들은 뿔이 맞서 싸워 온 장벽들이다. 뿔―주체에게
멈춤, 돌아감의 전략은 없다. 뿔―주체는 장벽의 크기와 무
관하게 무조건 돌진한다. 그런 싸움의 "노을이 지는 저녁"에
시인은 "모서리가 부러져 나간 뿔을/ 아주 사랑스럽게" 쓰다

듣는다. 오랜 싸움의 결과, 뿔은 "모서리가 부러져" 나갔다. 이 결핍투성이의 현세에서 누가 상처 하나 없이 살아남으랴. 시인은 강인하지만 "상처 많은" 자신의 뿔이 "죽고서도 한동안은/ 눈 크게 뜨고 살아 있을" 것을 확신한다. 죽은 후에도 살아 있을 뿔이므로, 현세의 어떤 어려움도 뿔을 죽일 수 없다. 말하자면 희망은 이런 것이다. 희망은 절망의 정수리에서 뿔처럼 솟아난다. 마지막 행의 "뿔을" 다음에 나오는 쉼표를 보라. 이복현은 많은 작품에서 마지막 행을 마침표로 혹은 문장 부호 없이 끝내지 않고 쉼표를 사용한다. 이는 의도적이든 비의도적이든 시인의 (무)의식 속에서 모든 사건이 '종결(마침표)'이 아니라 '계속(쉼표)'으로 존재함을 드러내 준다. 뿔의 싸움은 계속되고 있다.

누에가 섶에 오른다

저 스스로
자신의 관을 짓는다

관이 너무 희어서
차라리 푸른,

관 속에 가만히 몸을 눕히고
안에서 문을 잠근다

문이 잠기자 문고리가 사라졌다

다시는 열 수 없도록,

깨끗하고 정갈한
무봉無縫이다

　　　　　　　　　　　—「무봉無縫의 관」 전문

　희망의 논리와 직접 연결되진 않지만, 이 작품은 제의에
가깝도록 숭고한 자기 결단의 세계를 보여 준다. 누에는 오로
지 생존하기 위해 뽕잎을 먹고 고치를 만든다. 살기 위해 만
든 고치에서 비단이 나온다. 마르크스는「임금 노동과 자본」
이라는 글에서 누에를 노동자의 운명에 비유한다. 누에에게
비단이 삶의 목적이 아니듯이, 노동자에게 상품은 삶의 목적
이 아니다. 그들은 그저 살기 위해 뽕잎을 먹고 생존하기 위
해 노동을 할 뿐이다. 그러나 이 시에서 보듯이 생존을 위한
생명 활동은 그리 녹록하지 않다. 누에는 뽕잎을 먹으며 생
존하다가 생의 어떤 단계에 이르면 "스스로/ 자신의 관을 짓
는다". 그 관이 고치다. 누에는 그 안에서 스스로 문을 걸어
잠금으로써 다시는 밖으로 나가지 못한다. 사라진 문고리엔
문이 있던 흔적조차 없다. 누에가 고치를 짓는 것은 스스로
죽어 다음 세상을 만드는 일이다. 이 시의 논리를 희망의 논
리와 연결하는 것은 오로지 독자의 몫이다. 이 시집에서 이
복현이 정말 힘들게도 희망을 노래하고 있으므로 희망 만들
기의 맥락에서 이 시를 읽는 것도 얼마든지 허용된다. 횔덜
린F. Hölderlin의 질문대로, "궁핍한 시대에 시인은 무엇을 위해

서 사는가?" 질문과 다른 맥락에서 그는 대답하였다. "위험이 있는 곳에서 구원의 힘도 자란다." 절망이 있는 곳에서 희망의 힘도 자란다. 이복현이 봤을 때, 궁핍한 시대의 시인은 희망을 위하여 산다. 그러나 희망은 쉽게 오지 않는다. 고치를 만드는 누에처럼, 시인은 죽음의 운명 속에서도 보지 못할 미래를 위하여 희망을 노래한다.

2

이복현 시의 화살표는 늘 희망의 지평을 향해 있다. 그것을 밀고 가는 힘은 어디에서 나오는가. 그것은 희망의 반대편에 있는 절망, 기쁨의 반대편에 있는 슬픔, 웃음의 반대편에 있는 울음에서 나온다. 간단히 말해 절망이 희망을 키운다. 절망에 빠져 있으므로 그것에서 벗어나려는 척력도 생긴다. 이복현은 궁핍의 시대를 인지하는 것에 머물지 않는다. 현실에 한 발을 딛는 순간 그의 다른 발은 이미 현실 너머를 향해 있다.

> 눈물이 없는 밤은
> 깊은 강의 물소리를 듣지 못하지
>
> 울부짖는 노래 없이는
> 멀고 먼 생의

기나긴 물줄기를 따라가지 못하리

—「위험한 선택」부분

　이 작품을 읽으면 페르난두 페소아F. Pessoa의 "나는 삶에
동의하지 않는다. 나는 그 점이 자랑스럽다"(『불안의 서』)는 말
이 떠오른다. 이복현은 절망하는 삶에 동의하지 않는다. 그
는 눈물과 고통의 존재를 인정하되 그것들에 굴복하는 삶에
동의하지 않는다. "눈물"은 "깊은 강의 물소리"를 듣게 하고,
"울부짖는 노래"는 "멀고 먼 생"의 "기나긴 물줄기"를 따라가
게 한다. 그렇지만 눈물과 고통을 넘어 깊은 강과 멀고 먼 생
의 물줄기를 따라가는 일은 쉽지 않다. 그것은 고통의 현세
를 넘어 전혀 다른 잠재성의 세계를 지향하는 일이므로 "위
험한 선택"일 수 있다.

1)
잊지 못할 거야

단번에, 전 생애를 던져
파르라니 피워 올린 분신焚身,
생의 불꽃!

오래도록 기억될 거야

불빛 환한 하룻밤이
춥고 어두운 천 년보다 낫다는,

뜨거운 그 말!

—「하루살이」 전문

2)
삶이 고달플 땐
개미에게 배우라!

고통에 대하여
혹은,
겸손에 관하여

높고 험한 준령 앞에 머리를
땅에 붙이고 안간힘으로
매달리는
그 모습 보고, 혹은

버거운 짐을 온몸으로
걸머메고 지쳐
쓰러질 때까지

단 한 순간도
멈추지 않으며 십자가를
어깨에 멘 구세주처럼
골고다를 향해
나아가는,

—「개미」 부분

희망에 몸을 던지는 주체의 '위험한 선택'은 어떤 것인가. 시인은 그런 주체를 1)과 2)에서 각각 "하루살이"와 "개미"에 은유하고 있다. 하루살이는 짧지만 전 생애를 던져 자신을 태운다. 그 "불꽃" 같은 삶이 보여 주는 것은 "불빛 환한 하룻밤이/ 춥고 어두운 천 년보다 낫다는" 신념의 실천이다. 어두운 지배의 현실에 동의하지 않는 하루살이를 시인은 "오래도록 기억"할 것이라고 말한다. 시인은 "춥고 어두운 천 년"이 아니라 목숨을 걸지라도 "불빛 환한 하룻밤"을 원한다. 2)에서 시인은 고달픔과 고통을 이기는 "안간힘"을 찬양한다. "버거운 짐을 온몸으로" 버티며 "지쳐/ 쓰러질 때까지" 나아가는 "개미"는 연약한 몸으로 십자가에 못 박혀 죽은 신성에 비유된다. 이렇듯 시인은 고통과 궁핍과 결핍 옆에 항상 그것들을 뛰어넘은 희망의 계기들을 열거한다. 시인의 희망은 불꽃 같은 죽음으로 묘사되므로(1) 가볍지 않고, 신성의 이미지와 연결되므로(2) 숭엄해진다.

3

그렇다면 희망은 무엇으로 성취될까. 세상의 어디에서 희망을 발견할까. 이런 질문들은 시인의 다음과 같은 질문으로 환치된다.

　　목쉰 벌레들은

제 노래를 숲에 두고
어딜 갔을까?

마른 풀잎 하나에 집을 짓던 벌레들은
제 허물 벗어 두고
다 어딜 갔을까?

바람이 불고 잎이 흔들려
생生이 위태로워도
가느다란 잎사귀 하나에다 희망을 매달던,
아주 작고 작은 벌레들은 다
어딜 갔을까?

　　　　　　　　　　　　—「다 어딜 갔을까」 전문

　시인이 볼 때, 희망은 거대-주체(grand-subject)의 거대-서
사(grand narrative)에 있지 않다. 그가 볼 때 희망은 숲에서 목이
쉬도록 노래를 부르고, 마른 풀잎 하나에 집을 지으며, "가느
다란 잎사귀 하나에다 희망을 매달던" "아주 작고 작은 벌레
들"의 '존재'에 있다. 그 벌레들 자체가 아니라 그런 벌레들의
존재에 행복이 있다고 믿기 때문에, 시인은 그들이 "다 어딜
갔을까"라고 묻는다. 작지만 소중한 그런 것들의 존재를 비존
재로 만드는 시스템이야말로 행복의 대척점에 있는 것이다.

　가느다란 발가락으로
　지구를 공처럼 굴리던 소똥구리는

어디론가 실종됐다

광막한 우주, 드높은 하늘 바탕에
힘차게 빗금을 그어 대던 별똥별같이
어두운 밤 골목을 떠돌며
깜박깜박 신호등처럼 불 밝혀 날던
반딧불이도 사라졌다

개구리 울음과 귀뚜라미 소리는
점점 가느다랗게 줄어들고
뻐꾸기 노래, 소쩍새 울음이 아득하다

…(중략)…

찾아와야 하는데, 찾아야 하는데
불러도 도무지 대답 없는 것들을,
어디서 찾아야 하나?
그 많은, 사라진 것들의 주소를……
　　　　　　　　　　—「사라진 것들의 주소」 부분

　표제작이기도 한 이 작품에 나오는 "사라진 것들"의 목록
이야말로 이 세계의 궁핍의 지표이다. 이렇게 작고 하찮아 보
이는 것들이 많이 사라지면 사라질수록 이 세계는 더할 수 없
이 비참해지고, 불행해지며, 지옥에 가까워진다. 이것들을
"찾아와야 하는데, 찾아야 하는데" 그것은 만만치 않은 일이

다. 이 사라진 것들의 적은 간단히 말해 개발을 위하여 자연을 가장 심각하게 전유해 온 자본주의 시스템이다. 자본주의는 유사 이래 가장 큰 생산력과 풍요를 자랑하지만, 이 소중한 것들의 목록을 계속 지워 온 주범이므로 가장 불행하고 가장 절망스러우며, 역설적이게도 가장 '가난한' 궁핍의 시스템이다. 외관상 가장 큰 풍요를 가장 심각한 궁핍으로 읽어 내는 것이야말로 시적 상상력의 위대한 힘이다. 이 시집의 5부에 나오는 열다섯 편의 시는 이런 점에서 모두 궁핍의 시스템에 대한 강력한 저항의 메시지들이다.

장마 그치고
질퍽하던 웅덩이를
푸르게 뒤덮은 잡초들

세상에 태어나서
그 흔한 이름 하나 갖지 못해
'잡'이라 불리는 것들

뿌리 내린 한 뼘 땅도 빼앗겨
뽑혀 버려진 곳에 다시
푸르게 잎을 피워
더러운 세상을 감싸 안나니,

무성하거라, 잡초여!
번성하고 번성하여 마침내

온 세상을 푸르게 점령하여라!

—「잡초여, 무성하라」 전문

시인이 볼 때, 이 궁핍한 시대에 진정한 희망을 가져다주는 주체는 (자본이라는) 거대—시스템이 아니라 그 시스템 아래서 잡초처럼 "흔한 이름 하나" 가지지 못하는 집단적—다수—주체이다. 이들은 위에서 언급했던 점점 사라지는 것들의 목록과 같은 위계 안에 있다. 이들은 모두 "뿌리 내린 한 뼘 땅도 빼앗"기는 존재들이라는 점에서 사회적 약자들이며, 그럼에도 불구하고 사회의 압도적 다수를 구성하는 주체들이다. 궁핍의 현세가 행복해지려면 이런 "잡초"들이 주변화되지 않고 "더러운 세상을 감싸 안"으며 "온 세상을 푸르게 점령"해야 한다.

내 노래는
구름에 가린 달처럼 슬프다네

내 시는
외딴 하늘의 개밥바라기 별

숨어서 눈물 흘리네

바람은 알고 있다네
눈물은 아프지만 단단하다는 것을,

143

눈물의 금속성을
꿈꾸는 새들도 알고 있고
마음 착한 아이들도 안다네

밤하늘에 쓰인 한 줄의 시와
허공을 울린 한 소절의 노래에

바람은 흐느끼고
별은 눈물짓지
　　　　　　　　　—「나의 노래, 나의 시」 전문

　이 작품은 제목에서 보이다시피 이복현 시인의 '시론'이다.
그의 시는 눈물짓는 별이고, 흐느끼는 바람이다. 그러나 그
의 시는 안다. "눈물은 아프지만 단단하다는 것"을. 그는 늘
이 세계의 눈물과 고통을 들여다본다. 그러나 페소아가 자신
의 삶에 동의하지 않듯이, 그는 눈물과 고통이 지배하는 현실
에 동의하지 않는다. 눈물을 단단하게 만드는 것은 희망이라
는 "꿈"이다. 희망을 꿈꿀 때, 눈물은 강인해지며 "금속성"을
띈다. 이런 점에서 그의 시와 "꿈꾸는 새들"과 "마음 착한 아
이들"은 모두 같은 공동체 안에 있다. 그의 노래와 시가 번창
하여 세상의 눈물을 씻어 주기를.